아픔 한 조각 나눌수 있다면

순종 최경선

지음

시인의 말

 쏟아지는 한낮 더위도 외면하고 가로수 양쪽에 늘어선 배롱나무의 목 백일홍이 붉은 꽃을 피우며 손 흔들어 인사하고 여전히 자기 자리를 지키고 있는 것이 신기하고 당당하게 보인다.

 올여름 폭염의 기세는 열대야까지 덩달아 꺾일 줄 모르는 최강 더위의 기세를 가속화 시키고 지출을 늘려주니 서민들은 허리띠를 졸라 매며 현실과 싸울 수밖에 없는 것 같다. 이렇게 살아내기 급급하면 아파할 여유조차도 차라리 사치라고 해야 할까?

인생이라면 아픔 한 조각 없는 이가 어디 있겠는가? 한 평생을 살다 보면 겪으면서 지나가는 나그네 여정이지 싶다. 산을 넘기도 강을 건너기도 때론 바다를 바라보기만 하면서 하루를 살고 한 달을 일 년을 버티는지도 모른다. 동전의 양면 같은 삶은 아직은 존재해야 할 목적과 이유가 있길래 숨 가쁘게 달려온 것 같다. 가슴 한 구석에 박혀있는 가시를 뺄 수 없는 아픔이라면 이제는 나눌 수 있기를 바라는 어리석음까지도 때때로 사랑하고 싶다.

헐레벌떡 바쁜 일상 속에서 한 줄의 글을 쓴다는 것만으로도 행복히며 비집아서나 조라하고 싶지는 않다. 비록 아픔 한 조각 나눌 수 없다 해도 스스로 자생하는 힘을 키우고 치유될 수 있는 시간들이 서서히 지나가고 있음을 감사하며 조금씩 성장하는 자신에게 박수하며 축하하며 웃을 준비하고 있어야겠다.
수연이 낮잠 자는 모습 정말 천사 같구나!

낮 달맞이꽃이 낮이라서 더 활짝 피어 한가위 보름달같이 예쁘다.

2024년 10월 어느가을에

순종 최경선

격려사

 최경선 시인의 세번째 시집이 출간되어 감사하고 축복합니다.

 우리 곁에서 가장 아파하는 수연이와 작가의 삶을 통해 누군가 회복과 치유를 경험하고 공감하길 바라며 태풍의 시간이 지나면 일상은 더욱 변화와 성숙과 성장의 계절로 다가오며 태양의 열기가 뜨거웠던 만큼 디레 포도가 검붉게 익고 난맛이 강한 것을 알기에 깊은 상처일수록 상대를 인정하고 배려하고 넓게 사랑하는 것을 배웠고 알게 되었고 나누며 섬기게 되었습니다.
 황폐하고 메마르며 척박하고 거친 광야 같은 현대사회를 살아가는 이 시대에도 한 송이 꽃을 피우고 샘이 흐르는 것 같은 역할을 하는 문인들이 계시기에 정화와 가꿈의 아름다운 마음들이 있는 줄 믿습니다. 또한 작가의 끈질기고 지속적인 생명을 향한 간절함이 현실에서 아름답게 피기를 격려하며 지지합니다. 이 귀한 연서가 작가를 통하여 많은 이웃의 가슴에 사랑과 위로의 꽃으로 피어나길 소망하며 인생의 나그네 길에서 아픔 한 조각을 나눌 수 있는 작은 격려와 소원의 씨앗으로 심어지길 바랍니다. 한편 작가와 수연이가 지극히 작은 여인의 우물에서 떠서 주는 물 한 모금의 사랑을 기억하며 항상 기쁨과 긍정의 삶을 사시길 격려하며 응원합니다.

광야에서 물이 솟겠고 사막에 흐를것임이라(이사야35.6절)

헐몬의 이슬이 갈릴리의 강이 되는 그날까지 지치지 않는 맑은 영혼의 편지가 이어지길 기대하며 한 줄의 글을 가슴에 담을 수 있는 넉넉함과 따뜻함이 읽는 분들에게 감동으로 여울지길 바랍니다.

2024년 10월
창원 방주 선교회 섬김이 **최안나**

추천사

 시인 최경선 님의 세번째 시집(아픔 한 조각 나눌 수 있다면) 출간을 먼저 축하합니다.
 짝 잃은 갈매기는 검은 구름만 봐도 두근거리는 가슴을 안고 눈시울을 적시고 폭풍우 몰아치면 어린 자식 두고 떠난 님을 기리며 아리고 아린 사랑이 연기처럼 솟아오릅니다. 작가도 참을 수 없고 나눌 수 없는 아픔을 어찌할 수 없는 힘든 일이지만 모든 상황들이 계획하신 분의 의도대로 진행되는 것을 알기에 묵묵히 아픔의 조각들을 잘 감당할 줄 믿고 과정들을 순종하므로 좋은 결과로 나눌 수 있길 바라고 응원합니다.

 즐거움과 별미는 나누기를 좋아하지만 누가 아픔을 대신하고 나눌 자가 어디 있을까요?

나눌 수 없는 고통은 자기 몫이라, 줄일 수 없는 고통과 나눌 수 없는 아픔을 떠넘길 생각과 나눌 생각은 착각이니 덜어줄 거라는 기대는 더더욱 아니기에 본인이 안고 가고 지고 가야 하는 것입니다. 지쳐 쓰러져도 벗을 수없는 아픔이기에 어느 누가 한 조각인들 덜어 주겠습니까? 신에게조차 구한일 없는 아픔한 조각을 나가도 들어와도 벗어던질 수 없기에 밤낮과 계절 상관없는 통증으로 깊이 잠들 수 없는 고뇌의 시간들을 보내면서 작가는 무엇을 말하고 생각하며 나누길 원하는지 독자들께서는 부디 깊이 공감하시길 바라며 많이 많이 추천합니다.

2024년 10월

목양문학회 부회장 **김정석**

차례

시인의 말

격려사

추천사

1부 민들레의 춤

시인의 말 / i

격려사 / iv

추천사 / vi

파랑새 / 15

춤 추는 민들레 / 16

민들레의 꿈 / 18

텃밭 / 19

봄비 / 20

홍매화 / 21

기다리는 봄 / 22

버들 강아지 / 23

입춘 / 24

농사꾼 / 25

단호박 / 26

풀잎 속삭임 / 28

비빔밥 / 29

두레박 / 31

봄소식 / 32

믿음의 길 / 33

용서 / 34

꿈꾸는 목련 / 35

수연이의 희망꽃집에 초대합니다〈수필〉/ 36

2부 장미와 청춘

장미와 청춘 / 41

작은 행복 / 42

기쁜 날 / 43

맨드라미 / 44

소나기 / 45

포도 / 47

장미공원 / 48

갈대 / 49

이제는 / 51

낮잠 / 52

산들바람 / 54

옥수수 / 56

바람날개 / 58

외갓집 / 59

그리움 모퉁이 / 61

가난한 어깨에 기대어 / 62

커피 한잔 / 64

마늘〈시소설〉 / 66

3부 미소짓는 들국화

- 미소짓는 들국화 / 71
- 도토리 / 72
- 입추 / 73
- 가을 하늘 / 75
- 가을 여행 / 76
- 가을 비 / 77
- 가을 달 / 78
- 별 공장 / 80
- 치료실 별 공장 / 81
- 종이 찢기 놀이 / 82
- 이슬 / 84
- 살구 꽃 / 85
- 코스모스 / 86
- 달맞이 꽃 / 87
- 단풍 / 88
- 보름달 / 89
- 까마귀 / 90
- 9월 / 91
- 축복 / 92

4부 아이리스의 눈물

아이리스의 눈물 / 95

벼랑끝에 핀 씀바귀 / 96

씀바귀 벼랑끝에 피다 / 98

행복 / 99

칡꽃 / 100

노을 / 101

귀향 / 102

이별 / 104

또 다른 이별 / 105

돋보기 / 106

왕 갈치 조림 / 108

빚진자의 눈물 / 110

동지 / 111

낙엽 / 113

염소 / 115

홍어 / 116

겨울 한 복판에서 / 118

아픔 한 조각 나눌 수 있다면 / 120

마사코를 만난 칠순 여행 〈시소설〉 / 121

1부

민들레의 춤

파랑새

파랑 파랑 살고픈
유명 이야기
주인공 되고파

헐레벌떡 날아와
기다리고 있었어

파랑파랑
많이 사랑받고 싶어서
오랫동안 기다렸어

춤 추는 민들레

츄츄 츄우
야호!
신난다며
성큼 다가온
샛노랑 밀어들

속닥속닥
사랑고백 바쁘게
풋풋한 속삭임
사연 사연들
쉿!
연분홍 연서들
아픈 행렬

슈웅
라일락 향수냄새

랄랄라 랄라
까치발 들고 긴 항해
숨가쁜 출발위해
달콤한 입맞춤하고

나풀나풀
수없이 돌고 돌고
민들레 훌훌
훨훨 잘도 춤춘다

사랑 받고 싶은
너의 절규
이제사 그 처절한
몸부림의 춤사위
알것도 같아
너무 많이 아프다

민들레의 꿈

꿈꾸는 아이야
새싹의 푸르름 속 자라나는 희망보석

폭염의 인내 견디며
곱게 자란 열매들 귀하고 대견해

늦가을 밤
빛나는 섬광에 취해 읽는
책 한권의 의미 너는 알겠지?

이제 춥고 차가운 계절
긴 안식과 풍요를 안겨줄
개미의 성실과 인내 배우러 가야해

꿈 꾸는 아이야
멋진 꿈을 꾸자
얏호!

텃밭

희망사항중 하나
텃밭 있었으면 하고
바라고 꿈 꾸었지만

땅 한평 없으니
희망이고 바램이고 꿈일까?
텃밭있는 여동생 부러워
가끔가서 텃밭 구경하고온다
밀집모자랑 선크림 몇개 사들고 가면
돌아올땐 이바지 한보따리
주렁주렁 챙겨주고

싱싱한 푸성귀랑
간식거리 먹으면서
텃밭없어 감사했다
아이러니 하게 웃으며

봄비

아 목마르다
대지의 절규 외면하지 않기를 신음 할때에
저 헐떡거리는 목마름 누가 해갈 시키나

당신 눈물로 갈증 사라지고
향긋한 봄 냄새 진하게 퍼지네

달고 단 봄비 진정한 희열로
이제 모두 수고의 열매 거두기 위해
축복이 희생 인내의 꽃 피우자
승리를 재촉하는 봄비

홍매화

뭇 시선 홍조 띤 얼굴 귀한 미소
마음 끌려 진한 그리움 안고
가슴앓게 하는 그대는
내 모든걸 훔쳐간 봄요정

어찌 그댈 다 가질 수 있겠나
눈부심으로 반짝이는
내 아픔 조각들

애타는 첫 연정 삭일 수 없기에
봄바람에게 푸념 섞인
하소연 해 볼래

그대에게 들킨 마음
붉게 피어서
슬프도록 곱구나!

기다리는 봄

삐죽 빼죽 움트는
몸살 앓는 가지들 아우성
숱한 몸부림 가만 지켜보고
휘파람 부는 여유 부럽기만 하네

두 팔 벌려 편한 마음
느긋이 바라보고
눈물도 그리움도
목마름도 사랑고픔도
아픔 한 조각도 주고 또 주고
다 주고 싶다고 속삭인다

그렇게 많은 시간들위에
널 기다리는 마음 들키기 싫어
다치기도 싫어
아프기는 더 싫어서

버들 강아지

버들이네 강아지
맨 먼저 봄소식 전해주네
보들보들 귀엽고 사랑스럽게
인사도 잘 하네

 휘휘 거리는 매운 봄바람에
휘청거리는 몸 짓으로 잘 견디며
자태 뽑내고 있네

버들이와 강아지도 어울려 놀고있네
수연이가 얼른 같이 놀자고
한다발 꽃병에 꽂아놓고 흐뭇해 하네
봄기운에 취해서 콧노래까지…

입춘

고개 넘어 갈거야 살며시
이른 봄 풀 향기 찾아
수줍은 미소 반겨주는
수연이네 치자꽃 울타리 집으로
발걸음 재촉하고

저 멀리서 꽃샘바람 시샘하는
매운 눈초리 견디며
목련 움트길 기다리는 마음 몸살 앓으며
새벽 닭 울음소리 기다릴 내
안개비 소리없이 봄
재촉하네

오늘부터 부지런히 눈물 뿌려
기도의 밭 일궈야 해
재촉하네

농사꾼

무얼 심고
무얼 거둘 것인가
심는대로 거둔다 하시니

농사도 농사나름
나는 어떤 농부인지

농사꾼이라면 농사 잘 지어
소출 많이 내어 나누기도 잘 해야지

최고 농사꾼
자식 농사 잘해야
칭찬 받고 인정받아
농사 내 맘대로 안되지

잘 하고 싶은데…

단호박

오메
달달 달큼 달큼헌디
껍데기
딱딱혀서 영 먹기
썽썽 하다니께

앗따
노오란 죽 좋고
맛깔난 떡도 좋고
인문 좋고

아삭아삭 튀기거나
푸욱푸욱 찌거나
덜쩍 지건 허니께
진짜 진짜 억수로 맛나당께

세상에 몰랐당가
단호박 몸값이 얼마나 비싼가

보통 호박
두배 세배 비싸다고
목에다 깁스 빳빳 하니 다닌당께

요지경 세상인께

풀잎 속삭임

작은 풀잎 속삭임
잔잔하게 속삭이며 들려왔네
널 좋아 한다고
아~사랑고백 마음 간지럽히네

길고 지루한 뜨거운 여름 그림자 기울고
초가을 입구에 선 풀잎
열심히 자기 길 가야 한다고 속삭여 주었지

쬐그만 풀잎 혼자 심심하다고 놀아 날라고
슬픈 눈망울로 손짓 하고

소매가 조금 길어진 원피스 입은 수연이와
습지공원 징검다리 건너 빨리오라고 외로운
속삭임을 속삭여 주었지
아직도 널 좋아한다고…

비빔밥

봄꽃들이
봄나물들을 데리고
양푼이에 거꾸로 처박혀
아우성 치며 비벼대고

기억 저편에서는
아련한 추억들을 쓱쓱 쓱싹 많이도
꿀꺽꿀꺽 먹어 치우지 않았던가

뒹굴고 비벼지는 인생사 즐겨 먹었던
세월들을 살아 내지 않았던가

많은 시간들을 쪼개고 나누며
미움도 사랑도
기억도 망각도 감사도
다 함께 비비니

하나가 되어 수연이가
제일 잘먹는 비빔밥이 되었구나

왜 가끔 사랑에 허기진 날은
비빔밥 생각이 날까?

두레박

오르락 내리락
목마른 자는 오라고
물 길어 주는 사명따라
열심히 할일 잘 한다

땀 흘리기도
눈물 흘리기도
군침 흘리기도
임자따라 할일 달라진다

뭇 사연 실어 나르고
인생들과 동고동락
신나게 춤추며 흔들흔들
오르락 내리락

봄소식

아파 추워
으슬으슬 한기 느끼며
끙끙 몸살 앓는 흐린 움츠림 곁에서

베시시 앙칼진 눈 흘기는
살벌한 웃음소리
겨우내 목 쉰 서글픈
원한 감추고

아차
눈부셔 향긋해
아픈거 잊고
추운거 잊고
봄 캐러 가자

꽃노래 소리 들리지?

믿음의 길

바라는것들의 실상이기에 바라나이다
때로는 낭떨어지 였고
때로는 좁은길이 였다오

그래도 눈물 닦아 주시고
토닥거리고 안아주셔서
나름 푯대만 보고 왔나이다

끝까지 손 잡아 주시니
강하고 담대히 나아 가나이다

도와주시고 함께하시니
한걸음 한걸음
수연이와 기뻐하며 감사하며
저 높은 곳을 향해 달려 가나이다

용서

깊고 넓고 크신
무한하신 사랑에 빚진자로
탕감받은 은혜 감사하여

그 사랑
나누고 쪼개고 싸매고
알려주고 싶다

그 분안에서 만이
용서 받을 수 있고
할 수 있다는 것을

오락가락 비 오는 날
믹서커피 뜨거운 한모금
너무 달콤 해

꿈꾸는 목련

사알짝
이른 봄 몰래
향긋한 사랑 이야기
가까이 다가오고

보라 물안개
가슴앓이 하다가
새로운 세상이
잉태되어
신나게 춤추네

순수의 희열
충만한 기지개
청아한 합창
꿈꾸며 기다린다
화려한 외출

〈수필〉

수연이의 희망꽃집에 초대합니다

 수연이 학교 정원에는 능소화가 흐드러지게 피어 너무 화사하고 근사하게 예뻤다.
 그런데 지금은 여름방학이라 수연이와 할머니는 집 뒤 공원과 낮은 담장 곁 산책 길을 시원한 아침이나 저녁무렵 잠깐 걷다가 온다.

 올 여름은 장마가 끝나자 폭염으로 무더위가 기승을 부려 외출을 피하고 있다. 가끔 할머니와 수연이가 손을 잡고 아파트 앞 마당에 피어있는 해바라기 키가 얼마나 컸는가 궁금해서 살펴본다.
 왕 벚꽃나무 속에 숨어 열심히 울어주는 매미 울음 소리도 듣고 하얀 계란꽃잎을 만지작 거리며 웃는 수연이 사진도 한장 찍고서 돌아온다.
 수연이가 아직 말을 못하고 뭔가 부족함이 많은 장애아 이지만 할머니와는 소통이 잘 되니 불편함이 거의 없는것 같다 할머니는 꽃이나 들풀이나 다육이 등을 키우는걸 좋아한다.

 요즘은 반려동물을 거의 대부분의 가정에서 키운다고 한다 혼자사는 세대와 노인세대가 많아 외로워서 가족같이 키우고 산다고 하며 반려식물도 많이 키우는 추세라고 들었다. 할머니는 수연이가 있어 외롭지는 않지만 수연이를 위해 아기자기하고 올망졸망한 화분들을 키우면서 수연이랑 같이 물을 주기도하고 꽃이름을 알려주기도 하고 수연이는 잎을 만져 보기도하고 냄새를 맡아보기도하고 청소도하고 즐거워하며 웃는다. 뭔가 서툴고 어색하고 어슬프기도 하지만 천천히가르쳐 주고 알려 주고 싶다. 수연이가 고3학년이라 전공과로 진학을 할지는 아직 모르지만 곧사회인이 되면 뭔가 자립할 수 있는 길을 만들어 주고 싶은 바램이 있어 열심히 찾고있는 중에 수연이에게 희망이 되는 작고 예쁜 꽃집을 차려주는 꿈을 갖게 되었다.

 수연이의 희망꽃집에서 수연이와 할머니는 또 다른 희망의 꽃들을 피워보고 싶은 희망이있다. 수연이처럼 연약하고 소외된자들에게와 할머니처럼 마음 아픈 외로운분들에게 아주 작은 화분 하나 꽃한 송이라도 나누고선물할수있다면 행복할 수있는 희망꽃집을 꿈꾸고 준비하고 있다. 향긋한 허브냄새가 있고 커피 한잔하면서 할머니 시집을 읽고 수연이 콧노래가있는 아름다운 희망꽃집에 여러분들을 소내하고 싶다. 해맑게 웃는 수국의 잔잔한 미소와 가을을 재촉하는 풀여치 울음소리가 정겹게 들려온다.

 여러분 수연이의 희망꽃집에 초대합니다.

2부

장미 청춘

장미와 청춘

우와! 장미다
청춘이 소리쳤다
청춘의 피 끓는 가슴에는
사랑이 넘쳐나고
장미 가시속에는
미움이 찔러대고 있었다

그래도
장미는 아름다웠고
꽃다운 청춘은
청춘이라 향기로왔다

우와!
청춘이다
장미가 소리쳤다
그래 그래
피보다 더 붉은 사랑이다

작은 행복

초록 꿈들 송알송알
영그는 사랑송이들

잠자리 날고
벌 나비 날고
꿈들 맘껏 날고

새콤 달콤
탐스럽게 익어가는
보랏빛 미래 설계

송알송알 작은 행복
주렁주렁 열렸네

기쁜 날

수연이가 크게 소리내어
웃어 주는 날
둘째도 종알종알
하고픈 얘기 많이
들려주는 날

공원 모퉁이 수줍은
들국화 활짝 피워주는날
맑은 하늘 닮은 우리네
일상 평온한 날

이런 날
영혼 깊은곳에서
피어나는 노래가 충만한 날
참 기쁜날이다

맨드라미

탱고의 정열 닮은 그대
춤추는 집시 입술처럼
때론 무리지어 행진할 때
얼마나 가슴뛰게 돋보이고 멋지더라

뙤약볕에 영글은 유명한 여름꽃
귀한 대접 받아 활짝 웃어 주더라

오늘 아침 할머니 발자국 소리
어머니 물주기 징싱
수연이 애교먹고

빨갛게 익어가더라
너무 빨개서 아프게 예쁜
너에게 푹 빠졌더라

소나기

먹구름 비구름이
잘금잘금 다가오다
설렁설렁 불어오는
큰 비구름에 안기니
푸아하 푸아하
후두둑 후두둑 갑자기
소나기 성이 났는지
퍽퍽 팍팍 퍼붓고 지나가네

성질도 급나 급해서
부뚜막에서 슈늉찾는
오래비 닮았나
퍼뜩퍼뜩 벌떡 벌떡
뜨거워도 게 눈 감추듯
잘도 마시는…

아직도 저 밑에서는 지나가는
소나기가 천둥도 오라 했는지
쿠다당 쿠다당
한바탕 요란하더니

이제사 소나기가 지나가고
카랑카랑한 햇살
신나게 웃어주네

포도

송알 송알 초록 포도
달달해서 맛나요

반짝 반짝 검정 포도
크고 굵은 알알이
탐스럽네요

새콤 달콤 빨강 포도
쫑알 쫑알 귀엽고 예뻐요
사이좋게 나눠 먹어요

뜨거운 여름볕에
정겨운 포도 삼 형제
희안한 꿀 맛 이네요

장미공원

오월의 여왕 만나러 장미공원 갔다
철 이른 장미 다섯송이
활짝 피어 반기네

빨강 노랑 초록 분홍 파랑 꽃
개성있는 장미꽃 파티
시작 되고

조잘 조잘 생기 넘치는
청춘들 소리에
민들레 잠에서 깬다

희망찬 꽃봉오리 아름답게 피는 날
그 향기 가득실은
소확행 즐거워라

갈대

뭘 보고 싶어 키가 이리도 컸나?
저 멀리 세상 구경 하고 싶어
부지런히 키가 이리도 컸나
짜증내지 않고
부러워 하지 않고
묵묵히 지켜보며
복 빌어 주며 보듬어주고
위로해 주면서
이리도 쑥쑥 키가 컸구나

뭔 소리 듣고서 키가 이리도 컸나?
사랑의 세레나데 듣고
싶었나?
서로 마주 보면서
아파 하지도 않고
슬퍼 하지도 말고

서로 돕고 나누며
끼리끼리 어울려 사느라
이리도 키가 잘 컸나?

줏대없이 이리저리 흔들린다 해도
지금까지 그 자리에 그대로 서있는
끈기와 인내 듬직함 모두를
사랑하고 닮고 싶구나

이제는

이제는
이기적인 몸짓 무관심의 늪에서
떨치고 나올 시간 아닐까

이제는
아픔 한 조각 나눌 수 있다면
사랑 한 조각으로
충만하고 감사할 시간이다

아직 기회가 주어지고
시간이 주어졌을 때
서로 돌아보며 이웃을 위해
마음 한 줌 나눌수 있어야겠지

이제는
사랑으로 무릎꿇고
실천해야 할 때다

낮잠

철부지 시절
넓은 품 품어주시던
잔잔한 미소 그리워
철들면서
몰래 등 토닥거려 주시던
넉넉함 알게 되었지

허기진 영혼
긍휼로 먹이시는 사랑
신바람 너무 시원해
이제
낮잠 한 숨 즐겨볼까
아늑한 팔베개
포근히 단 잠 자고 싶어

가끔 말썽 피우는 수연이
엉덩이를 살짝 꼬집고
몰래 돌아설때
다 알고도 모른 척
무심히 눈 감아주는

깨고 싶지 않은 낮잠
더 자고 싶어
빨리 자장가나
불러 주소

산들바람

여보시오
흐드러지게 늘어진
능소화 콧등만 간지럽히고
지나가는 이유가 뭔지
알고 싶구려

여보시오
살랑살랑 김장 배추밭에서
하늘거리는 배추 흰나비랑
히히덕 서리는
재미가 얼마나 좋은지
알고 싶구려

여보시오
수연이 가을 소풍에
덩달아 가서 찐 달걀

김밥 먹는 맛이
얼마나 좋은지 알고 싶구려

여보시오
부탁이 있소
우리 곁에 오래오래
머물다 가시구려

내내 당신 그리워 하리이다!

옥수수

산비탈 척박한 땅에 뿌려진
애틋하고 고달픈
전설같은 삶의 흔적들
알알이 엮어 맛나게 먹었지
수수와 이웃사촌 배아픈
사이좋은 듯 하나
치열한 경쟁상대
누구 키가 더 크나?
알맹이 누가 더 많나?
재고 또 새고

눈물방울 땀방울 켜켜이
수확의 기쁨 판매의 아픔
아는자만 알겠지

수연이 맛있다고 오도독 오도독

아지매들 맛좋다고 뽀도독 뽀도독

할매들 맛없다고 쩝쩝쩝 짭짭짭

농부 보시기에 좋았더라

바람날개

바람 날개 어디로 날아 갔을까?
날개 달고 바람따라 날아 갔을까?
바다보고 몰래 하하 웃었지
엄마따라 나들이 가고 싶어서

슬퍼서 소리내어 호호 웃었지
바다 알거라고 속삭여 주고
바람 알겠다고 대답해 주고

바람날개
눈물 훔치고 날고 있었지
꿈 찾아
멀리멀리 날고 싶었지

외갓집

저 멀리 골목 끝까지 늘어서서 반겨주던
외갓집 탱자나무 울타리
한창 탱자 꽃피어
진한 향기 덩달아 반겨주었지

멀리서도 잘 보이던
찌그러진 파란 대문
뿌연 연기 매캐한 냄새 섞인 목마른 향수
처마끝에 매달린 고드름 처럼
특유의 외할매 냄새

이맘때 쯤
평상에 둘러앉아
맛나게 먹었던 도토리 묵사발
손때묻은 해물 파전
사랑섞인 숭늉이

머리속을 이리저리
헤엄쳐 다니며

봉숭아 꽃물 곱게 들이던 외할머니
앙상한 손이 찐 감자 두개들고
자꾸 따라온다
동구 밖까지

그리움 모퉁이

노란 미소가 튤립닮은 소녀야
어디쯤에서 귀 기울여
휘파람 소릴 듣고
외로운 춤 추고 있니?

징검다리 건너
연분홍 언덕배기
꼬부랑 할매집

부뚜막 군고구마 한접시
길게 목 빼고
기다리고 있다
그리움 한 조각

가난한 어깨에 기대어

희망의 나래
연두 빛 품고
쫑긋
진실에 귀 기울여
우리들 옛 이야기
들어 줄때 쯤

아 향긋한 냄새
봄이 향기로 날아오네
이보다
더 짙은 아픔
더 진한 슬픔
더 찬란한 아름다움
그대 가난한 어깨에
기대고 싶었지

그대 날마다
내 가난한 어깨에 기대어
잠들고 싶어 했지
눈물 닦아 주고
참아 주고
기다려주고

사랑 한조각 나누어 줄때
고운사랑 깊은 샘에
풍덩 빠져
오늘 하루 평온 예쁘게 엮어

그대 가난한 어깨에
걸어 두고 싶어

커피 한잔

한여름 뙤약볕 쐬러
모처럼 저도 연육교 나들이 갔다

시골 점빵 매점
허술한 평상위에서
이글거리는 태양 만큼
뜨거운 믹스 커피 한잔
피로 회복제가 되어
커피향까지 마셔 버렸다
딘숨에
아~
달콤 쌉싸름한 묘한 이맛에 끌려
컵라면 다 먹기도 전에
애꿎은 커피 한잔
또 마시고 입맛 다시고 있었다

장마와 삼복 견디며 버틴

그동안의 고달픔과 힘듬

애탐이 연육교 다리위를 스치는

솔바람에 시원시원 날라가 버리니

아이스 커피 한잔 또

진하게 마셔야겠다

(시 소설)

마늘

요즘 한창 마늘 수확해서 판매도 하고 저장도 한다고 여동생이 마늘 사러 상남시장에 같이 가자고 연락이 와서 약속을 했다. 수연이 학교 보내고 좀 한가해서 집 뒤 공원으로 모처럼 짧은 산책을 다녀와 보니 집 앞에 웬 낯선 자루가 하나 놓여있어 의아해하며 집안에 들여놓고 살펴보니 자루 안에 마늘이 들어있어 내심 반가웠다.

누가 잘못 갖다 놓았나 하고 생각 중인데 낯익은 목소리가 반갑게 마늘 두고 간다며 맛있게 잘 드시라는 전화였다.

너무 좋고 감사했다. 그러나 마음 한 편 찡하니 아려왔다. 마늘 가져온 지인의 처남 되는 분이 창녕에 사시는데 부인이 돌아가시고 혼자 농사짓는다고 하셨다. 틈틈이 처남을 챙기고 도와주고 농사도 거들고 했다고 들었는데 마늘은 이삭 주워왔다고 했다. 그래서 더욱 감동이 되고 고마웠다.

그렇게 부족한 저를 생각하고 선물한 그분의 사랑이 얼마나 감사한지 뭘로 갚아야 하나 생각해 봤다. 선물 받은 귀한 마늘을 여동생과 혼자 사는 여자 분 지인에게 조금씩 나눔하고 장아찌도 담고 양념도 하고 잘 사용하여 먹는다.
말없이 마늘 주고 간 분처럼 나도 좋은 일 할 때 말없이 은밀하게 해야겠다고 배우게 되었다. 맵고 알싸한 마늘이지만 우리에게 꼭 필요한 양념이기에 나도 살아가면서 이렇게 꼭 필요한 존재로 자리매김해야겠다고 다짐해 본다. 머지않아 가을꽃들이 웃어주겠지.

3부

미소짓는 들국화

미소짓는 들국화

사계절 미소 짓는 들국화 어디 있나요?
어디 있나 찾아보세요

들국화 가을에만 피는 꽃
이제는 아니래요

들국화 미소 정말 예뻐요
미소 짓는 들국화 만나 보세요

국화 축제 가면 만날 수 있나요?
아니 아니요

바로바로 수연이가 이 가을
미소 짓는 들국화래요

도토리

아하!
도토리 키재기나
한 번 해 볼까나

세상살이 고단해서
다람쥐 쳇바퀴 돌듯
이리저리
쫓기고 굴러가니

오네
엄니가 해 주던 도토리묵
묵고 싶어
해거름 상남 장에
후딱 다녀와야겠네

입추

여전히
저녁 아침 더운 바람의 동행
계절 한계 없이 땀방울
훔치고 가는 길목에서

나른한 오후 큰 잔 가득 커피
얼음 듬뿍 설탕 많이 넣고
왜 이리도 쓴맛이 그리운지
아리송하고

더위 탓인지
찡찡대는 수연이 달래기
맛있는 수박 듬뿍 먹였지만
황소고집 못 꺾어 쩔쩔매고

눈깔사탕 두 개에
헤벌쭉 눈 녹듯 맘이 풀렸네

여름 감기에 밤새 끙끙 앓다가
수연이 손이 약손 인가?
소리 없이 가을이 오고 있었네

가을 하늘

오래 기다렸어

소나기랑 태풍이랑
장마랑 잘 놀았다고
새끼 까치 고자질하고 갔어
이제
너의 참 모습 보여 봐
푸르고 높고 상큼하고
멋진 모습 보고 싶어

몇 밤 자면 될까
손꼽아 기다리라고..

그래
고운 그림 부탁해

가을 여행

집 나가면 고생이라는데
초 가을 되고
바람 시원하니
괜스레 집 떠나고 싶어

수연이랑 가방 싸고
초콜릿 캔커피 귤 몇 개 챙기고
가까운 함안으로 나들이

가을엔 어디론가 떠나고 싶은 게
아직도 수연이 친구 감성인가

억새 갈대 단풍 하늘까지
가을 일 때 여행 한번 떠나보자
기다리는 사람 없어도

가을 비

가을꽃 같은 친구야
초가을 비에 젖은 꽃잎처럼
내 마음 적시며 찾아와 주렴

흔들리며 속삭이는
억새 풀처럼
추적대며 흩뿌리는
아우성 소릴 들어보렴

반가운 님 오시기에
설레며 기다렸지
아 길고 긴 방황은
이제 멈추고 새롭고 놀라운
비밀의 문이 열릴 거야

가을 달

수천 개 희 비싸연들 안고
아파하는 그대 눈물 속에서
피어난 한 떨기 야생화 보기 위해
처절한 몸부림 몰래 숨어
애달프게 울고 있었네

새초롬 하니 토라진
그대 달래기 힘들어
지친 모습 보고 또
보면시 시들어 가는
달맞이꽃 한 묶음
벌써 춥다고 파르르 떨고
야윈 마음 철없는 은하수 되어
말없이 흘러가고 있었네

아하!

점점 두꺼운 옷을 껴입고
한 아름 갈대 꺾어 안고서
부지런히 먼 여행 떠나는
철새 부러워 눈물 흘리며
기도하고 있었네

별 공장

개성 있는 별들
유난히 아름답게 반짝반짝
수연이는 꾸러기 큰 별
너무 멋지게 반짝이고

작은 피아노 템블린 기타
아름다운 하모니 어울려
특별한 음악 치료실

별 공장 원장님 다정한 미소
행복해지는 별 공장 친구들
따뜻한 핫초코 한잔
수연이 신나고
별 공장 사랑이 넘치고

치료실 별 공장

크고 작은 별들
낮에도 반짝반짝
밤에도 반짝반짝

도레미파 쿵짜짝!
딩동댕 랄랄라!

몸 아픈 별도
마음 아픈 별도
음악으로 치료받는

반짝반짝 쿵짜짝!
치료실은 행복해~

종이 찢기 놀이

조각조각 찢기는 종이들
숨겨진 내면 상처들
수연이와 할머니
갈기갈기 찢기고 찢기면서
아물고 피났다

잘게 굵게 신나게 찢는
수연이는 요술쟁이
신기하고 탁월하다
혼자 터득한 공부요 놀이요 치유다
혼자 즐거워하며 기뻐하며 좋아한다

친구 없어도 외롭지 않고
슬퍼하지도 괴로워하지도 않고
종이 찢기 놀이에 집중하며 열심이다

가르쳐 주지 않았는데도
독학으로 너무 잘해서
신기하고 상 주어야겠다

찢어진 종이 조각은
수연이 꿈 조각이며
보석들이며 착한 마음들이다

수연이가 좋아하는 종이들은
수연이 미래며 희망이고 바램이고
간절한 기도다

오늘도
수연이랑 종이 찢기 놀이
누가 더 잘하나
열심히 해 봐야겠다

꽃병 속 아이리스
몰래 눈물 훔치고 응원하네

이슬

누구 눈물일까?

너무 영롱해
너무 고와
너무 맑아
너무 예뻐
너무 슬퍼
너무너무 깨끗해

이깃은
정녕
수연이 눈물일까?

살구 꽃

늘 수연이 보듯
소망의 한 그루
살구꽃 소담스레 필 때
믿음의 기도 물 준다

그리움 아름드리
튼실한 살구나무 자라고
추억 산책로 꽃비 맞으며
옆집 오카리나 소리 애절하니

수연이 슬픈 사랑 노래
살구꽃향기 되어
퍼져 가네 온 동네

코스모스

키 크고 날씬한 멋쟁이들
하늘하늘 흔들흔들 왈츠 추는 사이에

유독 키 작은 아이 하나 눈길 끌며
뱅글 뱅글 춤 잘 추길래
자세히 보니 수연이구나

깜찍하게 뺑그르르 돌고 튀고 싶어서
찐 분홍 블라우스 앙증맞게 입고서

신나게 신나게
앞뒤 좌우 흔들고 비비고
큰 소리로 노래까지 잘도 부르네

아~가을바람이~
코스모스 사랑 사랑~

달맞이 꽃

달 맞을 준비 잘 하고 있겠지?
힌가위 보름달 맞을 때 웃었지
아니 때론 몰래 울기도 했었지
기다려도 오지 않는
사랑하는 사람 야속함에
주름살 늘어가고 괜스레
한 아름 달맞이꽃에게 하소연하고

노란 미소 머금고 묵묵히 제자리 지키고
기다려 주며 활짝 웃고
밤을 밝히는 자기 길을 순종하니
달 밝은 밤 달맞이도 잘하고
예쁘게 인사하며 반갑게 맞아주는
수연이 닮은 노랑나비야

단풍

여름 끝자락
성급한 왕벚나무 이파리 사이사이
노란 잎 갈색 잎 연 분홍 잎
알록달록 제일 먼저
단풍 들고 싶어 안달 났네

저마다 특유한 맵시 자랑
한 잎 두 잎 세 잎
오늘 숙제 미루지 않고
열심히 고운 물감 칠하고 있네

아이코 혼자 삐져 저 멀리서
구경만 하는 사시사철

빨간 단풍 외롭지
구경만 하기도 힘들지

보름달

수연이 쟁반에 보름달 떴다
냠냠 꿀꺽 최고 간식
부드럽고 달콤하고 두툼해서
너무 맛있는 빵
동그랗고 보름달 닮아서
빵 이름도 보름달

올 추석에
엄마 선물 보름달 열 개
할머니도 수연이 보름달
맛있다고
수연이랑 보름달 쟁탈전 벌이고

호호호
수연이 입안에 보름달
가득 떴다

까마귀

깍 까악 깍 까악
반갑다고 요란한 사랑인사
친구끼리 가족끼리
아침부터 긴 대화 시작

비 갠 아침 배고파서 재촉
깍 까악 까악 빨리 밥 먹자
엄마 부르는 소리 후다닥 대답
까악 까악

아하 초가을 상큼함이
대문 안에 불쑥 들어서고

까치 없는 요즘
까마귀가 대신 길조라니…

9월

난 아직 너를 맞을 준비 안 했어
엉겁결에 네 품에 안겨서
알밤 영그는 몸부림을
그저 멍하니 바라보고
입맛만 다셔볼까?

아직도 한낮 더위 여전히 헐떡 거리고
땡볕 목말라 물 찾아
맹렬한 공격 그치지 않고

나는 너 잠시 해바라기에게 맡겨두고
아무도 모르게 잘 익은 무화과 두 개만
따 먹고 있을게

넌 살금살금 몰래몰래 오기나 하렴
수연이랑 중앙역에서 기다리고 있을게

축복

수연이 때문에 받은 많은 복
수연이에게 나누어 주는 것이
축복이고 영적인 힘을 더 많이 주시길
바램이 내 눈물이요 기도다

수연이 어릴 때 아명이 축복이었고
동생은 행복이라 하고 여태 부르고 있다
수연이가 아픈 아이라
더더욱 사랑받고 축복받은 것 같다
많은 이웃들의 사랑과 기도로
지금까지 잘 자라고 있고
학교생활도 잘하고 있다

수연이와 하연이를 선물로 주셔서
복도 받고 축복도 받고 사랑도 많이 받아
감사뿐이다
이 축복 이웃과 많이 나누고 싶다

4부

아이리스의 눈물

아이리스의 눈물

제 얘길 잘 들어주시고
친구가 되어 주셔서 감사해요
그리고 언니와 저를 키워 주셔서
감사하고 사랑해요
아프지 마세요라고

생일날 용돈 봉투에 쓴
둘째 손 편지에

언제 이렇게 다 컸나?
왈칵 눈물이…

벼랑끝에 핀 씀바귀

정병산 겨울바람아
너무 세게 불지 마라
벼랑 끝에 뿌리만 매달린 씀바귀
애처롭게 몸부림치네

앙칼진 바람 소리 따라
목쉰 소리로 흐느끼며
산골짝 골짝 휘몰아치니
겨울을 살아 내려는 네 아픔
지리도 아파하며 감당 못해 절규하니

비탈진 깊은 벼랑 끝에
간신히 매달린 질긴
씀바귀 쓴 냄새가
한 겨울 옅은 햇살 비웃으며

처량하고 외로운

하루하루 버티며 견디고 피고 있었네

찬란한 아픔 한 조각 나누기 위해

씀바귀 벼랑끝에 피다

좁은 벼랑 끝 용케
몰래 숨어 피어 있었네
참고 참다 터트린 오열
승리로 살아남아 인정받았네

기꺼이 아껴 주고 싶어서 이젠
피식 웃어주는 씀바귀
쓴웃음 가파른 벼랑 끝에서라도
꽃이 되고 싶었지

그래그래
우리 모두 후회하지 말자
아픔 한 조각 나눌 수 있다면
이름 없는 씀바귀 노랗게
환하게 예쁘게 웃으며
오래오래 피고 싶었네

행복

질퍽 질퍽한
꽁보리밥 반 그릇
장아찌 한두 개

굵은 목 주름 할아비
한 평생 후루룩
별미로 빛나네

칡꽃

십여 년 전 이맘때쯤
칡꽃 처음 보고 반했다
보라색 등꽃 닮아 깜짝 놀랐지
너무 예쁘고 신기해서

슬픈 기억이 칡꽃 줄기 따라
이리저리 얽히고설켜
가슴을 때리고 할퀴고 넝쿨 지네

친정아버지 장례식 날
선산으로 가는 길
보라색 꽃다발 산길 따라
피고 피어 울면서
상여 따라오고 있었어

아버지 그곳에서 칡꽃
해마다 보고 계시지요?

노을

여기까지 오느라
얼마나 많은
땀 수고 대가 치렀나

열무김치 풋고추 보리밥
찐 감자 단감 곶감
아이스크림 군고구마
숱한 과정 시간 지나고

이제야
보시기에 좋았더라

종착역 가까우니
마감 잘해 아름답다고
아쉬워하게
끝까지 깨어있게 하소서

귀향

돌아갈 고향 어디쯤 있나
내 영혼 돌아갈
본향 갈 날이 언제인지 모르니
하루하루 최선을 다해
한걸음 한걸음 나아가고

언제 만날지?
사랑했던 얼굴들
기다리고 있겠지

떠나왔던 고향
아련한 추억들
가슴에 쌓인 향수
잊힌 사연들
모두 다 묻어두자

흘러가는 세월에
아픔 모두 흘러 보내고
조용히 곱게곱게
지친 날개 접고 싶다
그 언덕 큰나무 밑에서 만나고 싶어
코흘리개 고향 동무들

기다려 준 고향 넓은 품에 안겨
내일을 찬란히 설계해 볼까

이별

떠나보내야 하는 마음 누가 알 리요
붙잡아 둘 수 없기에

뼈를 깎는다
피를 토한다
가슴 찢어진다 한들

헤어져야 하는 시점
앞에서는 무기력한 존재임을
눈물 한 방울 흘릴 기력 있어야지

세월이 약이라고 했던가
망각도 신이 주신 선물이기에
조금씩 억지로라도 잊히는 연습해 볼까

헤어졌기에 다시 만날 그날을…

또 다른 이별

당신 눈가에 맺힌
짙은 눈물 의미 읽기 전
이별 준비 하라네

밤비 소리에 섞여
울어대는 산새 절규 구슬퍼
가슴에 맺히고

떠나면서 아파할 이유
알아야 한다면
뒤돌아 보지 말고 가는
연습 많이 하고 가라고
등 떠밀어 보냈지

울지 말고 빨리 가버려야 한다고
그래야 잊고 살 수 있다고

돋보기

갈팡질팡하는
칠순 아지매 슬픈 눈망울

초점 없이 몽롱해
허공만 바라보고

흐린 날 안갯속 뿌연
좁은 길 찾아 헤매는
지금 안타깝다

널 한때는 좋아했고 아꼈지
날 위해 수고했어
훈장 하나 달아줄까

틀어진 안경테
피식 쓴웃음 웃고

아직은 완전 부러지진 않아서
다행이라고
한쪽 구석에서 아직 살아있네
안도의 한숨 쉰다

왕 갈치 조림

억새 손짓하는 초가을 어느 날
밤새워 낚시로 잡았다는
제주 왕 갈치 소식 들었다

왕창 무 많이 넣고
조림한 어시장 맛집에서
귀빠진 날이라고 사 준
왕 갈치조림 밥 도둑이긴 하다

밥맛없다는 말이 거짓말처럼 되어
갈치 가시가 마음을 찔러대는 것 같아
혼자 속으로 피식 웃었다

다음에 밥맛없을 때
꼭 다시 가고 싶었다
잘 먹는 날이 생일인 것 맞긴 하다

어머나

갈치도 왕이라

이리도 작은 행복을 주네 하고

감사했다 범사에

빚진자의 눈물

지금 내리는 비처럼
울고 또 울고
마음을 찢으면서
통곡 오열 멈출 줄 몰라

이리도 눈물이 쏟아질 수 있을까
자책의 언덕에 올라
통한의 쓴 잔도 마셔보고

말라버린 눈물 샘
삶에 시달려 강퍅해 지면
처절한 부르짖음 찾고 싶어
간절히 울면서
눈물로 기도하며
빚 갚는다 빚진 자니까

동지

매콤하니 진한 커피
닮은 흙냄새
겨울비 오기 전 예보
한밤중 코끝 자극해

잠 못 들고 불면과 전쟁 중
사탕 봉지 껍데기만
수북하게 쌓이고

벽시계 초침 소리
유난히 크게 적막 깨고
귓전 때리는 동안
고독한 아픔 말없이 안겨있고

두꺼운 시집 두 권
단잠 부르고

꿈속 어딘가로 소풍도 가고
간식도 먹고
세계 여행까지

아이고 나
동지 긴 밤이
이리도 짧다니…

낙엽

한때는
수줍어 숨고 싶었던
새색시 붉은 볼 같은
시절 있었지

오손도손 사이좋게
다독거리며 토닥거리며
다정하게 안부 묻고 어깨 나란히
티격 태격 정다운 길벗
친구들이었지

어느덧
시간 흐르고 계절 따라
변하는 인심 속에서
색색의 초록 연두 떡 갈색 밤색
잎들 가지까지

이제
절뚝거리며 지팡이 의지하는
한쪽 구석에서 웅크리고
구경하는 신세라니…

염소

와아 때깔 좋고 털 반들 반들
뿔 멋지고 맘에 든다 까매서

주인 닮아 순해 보이는데
겪어 봐야 안다니 그냥 봐도 알지
만드신 분의 걸작품이 착해서
주인을 뿔로 들이 받는 못된 짓 않겠지

엊그제 한번 보고 왔는데 왜 또 보고 싶지
상사병은 아니겠지
요즘 흑염소 몸값 비싸 교만해
지진 안 한가 궁금해

에헤헤 매애 매애
염소 주인 염소 닮아 새까매졌다고
염소들 크게 웃고 있네

홍어

야!
너 좀 씻고 다녀라
너무 냄새가 지독하고 심해
같이 놀기 힘들어

간재미가 겁 없이
간 큰 소리 하니

열받은 홍어 얼굴 빨개지며 씩씩대고
흥!
막걸리 한 사발 벌컥 벌컥 들이키고는
오냐, 그래
톡 쏘는 희한한 맛 보여 주겠다며
씩 웃고는

아쭈!

덤비려면 덤벼봐 하고
단춧구멍 눈으로
의기양양하여 째려보았지

어휴
요새 몸값 비싼 홍어 선생님
신세 왕 부럽구먼!

동생 선물 너무 고맙소
자주 홍어랑 만나고 싶소

겨울 한 복판에서

잘 짜여진 기막히게 멋진
나들이 아니어도
평범의 굴레 벗어던지고 싶어질 때
칼 바람 따라 날아가 볼까?

즐비하게 늘어서 구경꾼 되어버린
겨울 나목들 행렬
털 모자도 털목도리도
털신도 다 나누어주고
벌거빗은 천진함 아끼며
부끄러움 묻어 두었다

조금만 기다리면
철새 맞을 길목에
등불을 켤 수 있을 거야
지친 영혼 쉴 곳 어디 있나
술래라도 좋다

미끼없는 낚시
세상 한가운데 던지고
봄날같은
겨울 한복판에서
두 팔 벌려 기지개를 켠다

아픔 한 조각 나눌 수 있다면

슬픈 꿈같은 긴 여행
언제쯤 깨어야 할까?
꼬집어도 아프지 않네
무감각 한 무신경 한
그래서 더욱 깊고 많은
아픔 한 조각조각들

설명될 수 없는 피 멍으로 얼룩진
생채기와 상흔 지우고 싶어서
시시히 전전히
너랑 나눌 수 없다면
아픔 한 조각
내 몫으로 남겨 두고 그런 날

안개비 속에서
수없이 소리 없이 울 거야
눈물 보이기 싫어서

(시 소설)

마사코를 만난 칠순 여행

 서귀포행 칠순 여행 무지개 색깔 참 재미있겠지요. 기대 흥분 설렘이 정겨운 파도처럼 파랗게 밀려오고 있었다오. 이른 아침부터 서둘러 이 중섭 박물관 안을 기웃거리며 늘 동경하던 마사코를 만날 생각에 소녀처럼 상기되어 설레고 있었다오. 서귀포 앞 바닷가 갯벌에서 슬픈 자장가 불러주다. 잡혀 온 파란 게 껍데기에서 마사코와 아이들 웃음소리랑 노랫소리 들었다오. 섶 섬이 보이는 풍경에서 행복 아지랑이가 피어나는 걸 두고두고 보여주고 아픈 큰사랑 아름답게 그려져 있으면 알았다오.

사랑하나 찾아 목숨 걸고 현해탄 건너온 열정의 여인 마사코 국가와 이념 초월한 연인 마사코, 사랑의 한계 극복한 마사코 나에게 남겨진 열정과 사랑 있다면 당신 마사코에게 배워 보고 싶다오. 안개 자욱한 이중섭 공원 천천히 거닐어 보면서 마사코 당신 만나길 기도했다오. 첫 아들 잃은 슬픈 모정 지독한 아픔 이겨내고 더 강해진 어머니 마사코의 깊은 모성애가 공원 뒤뜰 감귤나무 아래 떨어진 고운 낙엽들 줍고 있었다오. 마사코 가족들이 가장 행복했다던 피난살이 중 초가집 한 칸 방 가족들 사랑의 온기 여태도 남아있어 수많은 나그네들 발길 스쳐가면서 그리워하고 생각게 하고 기억하고 있는 마사코 당신은 진정 한국의 여인이요, 이내요, 어머니이길래 만나고 싶다오. 꼭

 이중섭 거리에서 소리쳐 외치고 싶었다오. 당신들의 사랑 너무 아름다웠다고… 그래서 너무 많이 아프다고… 마사코 당신에게 어느 누구도 돌을 던지진 않을 거라오. 마사코 당신 만난 칠순 여행 너무 멋지고 예쁜 무지개를 만난 기쁨이었다오. 언제라도 당신이 그리우

면 섶 섬을 휘몰아간 한줄기 햇살 되고 바람 되어 서귀포 칠십 리 길 달려 오리다. 어디선가 하모니카 소리에 갈매기들의 합창이 잘 어울려긴 여운으로 남고 손에든 식은 커피가 아쉬워졌다.

〈평설〉

"아픔 한조각 나눌 수 있다면"
「나눔의 배후에는 보상작용이 있다」

김 홍 식
문학평론가, 시인, 전)창신대학문예창작과 외래교수

 순종 최경선 시인의 "아픔 한 조각 나눌 수 있다면"의 발간 소식을 듣고 참 궁금했다. 그의 평소의 모습을 가만히 생각해 보면 그는 손녀 수연과 그 동생을 부둥켜안고 살면서 늘 씩씩했기 때문이다. 이러한 씩씩한 인생을 살고 있는 그를 볼 때마다 떠오르는 것은 인생의 씩씩한 드라마 같은 삶을 살고 있구나 하는 생각을 지울 수 없었기 때문이다. 사실 생각해 보면 그렇다. 어렵고 힘이 들어도 신앙을 가진 우리는 더 나아가 기독문학을 지향하는 우리는 운명과 싸워서 운명을 이겨내는 삶을 살아가야 하는 것이다. 여기에 우리 삶의 진정한 해로이즘이 있기 때문이다. 인간다운 삶의 이면에는 희망이 자리하고 있다. 문득 파랑새를 쓴 벨기에의 작가 메테를 링크의 말이 떠오른다.

"운명아 비켜라 내가 나간다" 참으로 씩씩한 인생의 선언 같은 말이다. 운명에 대한 큰 도전의 진리 같은 말이다. 옛날이나 지금이나 문학의 대주제중 하나가 운명이다. 현대인은 이 운명과 싸워서 이겨내야 한다. 예를 들면 베토벤은 운명에게 호되게 얻어맞았지만 결국은 용감한 도전 끝에 운명을 이겨 내는 씩씩한 삶을 살았다는 내용이 베토벤의 심포니다.

"아픔 한 조각 나눌 수 있다면"을 접하면서 떠오르는 것은 인생의 씩씩한 드라마 같은 삶을 살고 있는 그이기에 그에게 있어서 진정한 삶의 에너지는 어디에서 나오는 것일까라는 반문을 하게 됐다. 순종 최경선 그에게는 타인들이 갖지 못하고 누리지 못하는 신앙 즉 믿음의 힘을 갖고 있다. 그의 지금까지의 행보를 보면 그는 늘 꿋꿋했다. 씩씩했다. 먼저 손을 잡아 주고, 먼저 기도해 주는 미덕을 가졌다.

그렇다. 참으로 큰 힘은 밖에서 오는 것이 아니다. 진정한 힘은 나 자신에서, 나의 내부에서 솟구치는 것임을 알아야 한다. 선자가 최경선 시인을 알게 된 것은 그가 경남기독 문인회에 입회함으로 조우하게 되었고, 또한 선자가 회장과 이사를 역임한 "진해 문협"회원이어서 더 친밀감을 가지게 되었다. 그런가 하면 그가 제13회 경남기독문학상 수상자로 선정될 당시 그의 작품집과 그의 작품을 선자가 평설 하게 됨으로 그와의 친분이 한층 두텁게 되었다는 생각이 든다.

지금까지 선자가 보아 온 최경선 시인은 손녀들을 부둥켜안고 사는 두터운 애정의 할머니이며, 시인이며, 교회의 권사이며, 섬김에 있어서는 타의 추종을 불허하는 그가 사용하는 아호대로 순종의 모본을 보이는 신앙인이기도 하다. 그런 그가 이번에 "아픔 한 조각 나눌 수 있다면"을 발간하게 되어 매우 기쁘다. 선자가 보아 온 최경선 시인의 삶의 모습은 앞서 언급한 대로 외손녀 수연이를 부둥켜안고 그의 손과 발이 되어 주고, 그의 든든한 후원자가 되어 주고, 돌보고 보살피면서 엄마가 되었다가, 선생님이 되었다가, 할머니가 되었다가, 참으로 그의 전 삶을 통해 영혼 사랑을 실천해 내고 있다. 그의 이러한 열정적인 삶을 생각하면 프랑스의 문인이요 수필가인 앙드레 모로아의 말이 떠오른다. "인생에서 가장 중요한 것은 첫째는 목표의 선택이요, 둘째는 힘의 집중이다"라고 하는 말이다. 최경선 시인은 돌보는 일에, 교육하는 일에 온 힘을 다하고 있다. 그러면서도 그는 시인으로서도 시작에 전념하고 있다. 소위 말하는 내 힘을 집중시키고 있다는 말이다. 힘의 집중은 큰일도 감당해 낼 수가 있다. 힘이 분산되면 큰일을 해 낼 수가 없다.

　내 몸과 마음이 한 목표에 집중되면 큰일도 해낼 수 있게 되는 것이다. 작은 것도 오래 쌓이면 큰 성과를 거두게 되고, 천 리 길도 한 걸음에서부터 시작되는 것은 당연한 진리인 것이다. "아픔 한 조각 나눌 수 있다면" 이번 시집도 그의 올바른 목표의 선택과 부단한 힘의 집중이 만들어 낸 성과물이란 생각이 든다.

| 평설

 이번 시집은 1부 민들레의 춤을 시작으로 2부 장미의 청춘, 3부 미소 짓는 들국화, 4부 아이리스의 눈물 순으로 전개되고 있다. 민들레의 춤에는 춤추는 민들레, 파랑새, 민들레의 꿈, 봄소식, 믿음의 길, 꿈꾸는 목련 외 13편을 담고 있다. "춤추는 민들레" 이 시는 5연 32행의 동시적 자유시에 해당된다. 사용된 시어들을 살펴 보면 매우 경쾌한 시어들이 연마다 가득 차 있다. 춤사위와 어울리는 어휘들을 살펴 보면 "츄츄 츄우/ 슈웅/ 랄랄라 랄라/ 훌훌/ 훨훨" 등의 의성어를 동원하여 민들레의 춤을 돋보이게 하고 있나. 하지만 이 시의 결론은 5연에 있다. "사랑받고 싶은/ 너의 절규/ 인제사 그 처절한 몸부림의 춤사위/ 알 것도 같아/ 너무 많이 아프다"

-민들레의 춤 일부-

 최경선 시인은 이 민들레의 춤을 손녀 수연이와 연관시켜 시를 마무리 해 놓고 있다. "그 처절한 몸부림의 춤사위/ 알 것도 같아/ 너무 많이 아프다" 손녀 수연이의 현재 처해진 현실 즉 상황을 "처절한 몸부림의 춤사위로, 너무 많이 아프다"로 대변하고 있는 것이다. 그런가 하면 이 춤추는 민들레에 이어 등장하는 시가 "파랑새"란 시다. 시의 연결이 너무나 절묘하다. "파랑새"는 3연8행의 동시적 자유시에 해당된다. 3, 4조의 율이 살아있는 경쾌한 시로서, 경쾌함이 1, 2, 3연에 가득 담겨져 있다. "파랑파랑 살고픈/ 유명 이야기/ 주인공 되고파/ 헐레벌떡 날아와/ 기다리고 있었어/ 파랑파랑/ 많이 사랑받고 싶어서/ 오랫동안/ 기다렸어"

-파랑새 전문-

 최경선 시인은 이 시 파랑새를 통해서 강조하고 있는 것이 있다. 그것은 그가 보살피고 있는 손녀 수연이가 파랑새가 되어 훨훨 날기를 원하는 바람을 담은 것이다. "파랑파랑 살고픈/ 유명이야기" 그렇다. 파랑새의 의미는 "새로운 희망"이다. 우리가 생각해 보아야 하는 것은 희망과 낙망의 차이는 빛과 어둠 만큼이나 다른 것이다. 희망은 힘의 촉진제를 말하는 것이다. 그러나 낙망은 힘의 감소제다. 우리의 가슴속에 희망의 등불이 켜져 있으면 우리는 삶의 용기를 갖게 되고 내 삶속에 힘이 넘치게 되는 것이다. 하지만 우리의 가슴속에 희망의 등불이 꺼지면 우리는 용기를 잃게 되고 의욕을 상실하게 되고, 희망의 에너지가 말라버리고 마는 것이다.

생각해 보면 그렇다. 최경선 시인의 파랑새는 마음이 살아서 꿈틀거리는 시다. 마음이 살아서 움직이고 훨훨 날아가는 시다. 문득 마르틴 루터의 말이 떠오른다. "희망은 강한 용기요 새로운 의지다"라는 말이다. 가난이 슬픈 것이 아니다. 희망이 없는 것이 슬픈 것이다. 성공하는 사람은 언제나 가슴속에 희망의 등불을 켜는 사람이다. 손녀 수연이를 염두에 두고 이러한 "파랑새"를 창작해 내는 최경선 시인이야 말로 희망의 시인이다. 희망으로 낙망을 물리친 시인이란 생각이 든다. 이외에 1부에서 눈에 들어오는 시는 "농사꾼"이란 시다.

이 시는 5연15행의 자유시다. 이 시에서 그는 말하고 있다. "최고 농사꾼/ 자식농사 잘해야/ 칭찬받고 인정받아/ 농사 내맘대로 안되지/ 잘하고 싶은데 … "

; -농사꾼 일부-

  이 땅에 발을 딛고 사는 우리는 모두가 농사꾼에 해당된다. 땀 흘리는 노력없이는 풍성한 수확을 거둘 수 없다. 모든 일은 그렇다. 고뇌를 넘어서 환희에 도달하게 된다. 분투 노력의 피땀을 흘린 후에야 비로소 승리의 월계관을 쓸 수 있게 되는 것이다. 이 땅의 모든 일은 그렇다. 모든 값있는 것은 땀의 산물이며 노력의 결실이다 할 수 있다. 최 시인의 말대로 "농사꾼 이라면 농사 잘지어/ 소출 많이 내어/ 나누기도 잘해야지"

  이런 삶을 살게 되기를 기도한다. 2부 장미와 청춘에는 17편의 시와 수연이의 희망꽃집, 디와이 그룹 12회 문학제에서 우수상을 수상한 수필과 시소설 "마늘" 등을 담고 있다. 2부의 주제가 된 "장미와 청춘"을 살펴보면 "장미와 청춘"이 시는 3연15행의 자유시에 해당된다. "청춘이 소리쳤다/ 청춘의 피끓는 가슴에는/ 사랑이 넘쳐나고/ 그래도 장미는 아름다웠고/ 꽃다운 청춘은/ 청춘이라 향기로왔다"

-장미와 청춘 일부-

선택한 시어가 매우 경쾌하다.

3, 4조를 지향하는 각 연마다에 경쾌함이 담겨 있다. 이 시에서 가장 강렬하게 전해지는 메시지는 2연에 담겨 있다. "장미는 아름다웠고/ 꽃다운 청춘은/ 청춘이라 향기로왔다"는 부분이다. "장미의 아름다움과 청춘의 향기로움"이 이 시의 주제다. 아름다움과 향기로움 이 두가지는 장미와 청춘의 필수 요건이라 할 수 있다. 독일의 철학자 임마누엘 칸트는 그의 논리학 개론을 통해서 이렇게 말했다. "이 땅에 살고 있는 모든 사물에는 의무가 있다"고 했다. 그러면서 그는 "의무, 그대 위대한 이름이여"라고 했다. 사회의 구성원 각자가 자기의 의무를 다할 때 그 사회는 기강이 바로 서고 질서가 확립되는 것이다.

우리 모두는 그렇다. 우리 각자에게 주어진 의무가 우리를 필요로 할 때, 우리는 그 부름에 응답해야 하는 것이다. 이 의무를 다할 때 그것은 곧 선의 실천이 되고, 의무를 감당하지 못하면 그것은 악이 될 가능성이 높은 것이다. 아름다움과 향기로움은 이 땅에 살고 있는 우리 모두의 의무란 생각이 든다. 2부에서 눈에 띄는 또 한편의 시가 있다. "기쁜 날"이란 시다. "수연이가 크게 소리내어/ 웃어 주는 날 둘째도 쫑알쫑알/ 하고 픈 얘기/ 많이 들려 주는 날/ 공원 모퉁이/ 수줍은 들국화 활짝 피워 주는 날/ 맑은 하늘 닮은/ 우리네 일상 평온한 날"

-기쁜날 일부-

역시 이 시의 중심에는 수연이와 둘째 손녀가 포진하고 있다. "수줍은 들국화가 활짝 피는 날/ 맑은 하늘닮은/ 우리네 일상/ 영혼 깊은 곳에서 피어나는 노래 충만한 날" 최경선 시인의 바람을 기쁜 날로 정리한 3연 13행의 서정적 자유시다. 크게 소리내어 웃는 수연이와 쫑알쫑알 하고픈 얘기 많이 들려주는 둘째 … 이 부분에서 느낄 수 있는 것은 기쁨이 가득하고 평온한 가정의 날들을 이렇게 표현한 것이란 생각이 든다. 그의 이러한 바람대로 기쁜날들을 사는 가정이 되기를 나의 신께 기도한다.

2부에서 눈여겨 보아야 할 시가 또 한편 있다. 소위 말하는 시소설 "마늘"이다. 시소설은 우리나라에 80년

대를 전후해서 모드니즘 운동이 일어났을 때 시가 소설과 가까워지고, 소설도 시와 가까워지는 즉 장르를 넘나드는 작품이 꽃을 피웠을 때가 있었다. 물론 지금도 여러 많은 작가들이 모드니즘을 지향하면서 작품을 쓰고 있기도 하다.

 최경선 시인의 시소설 "마늘"은 여러 가지 장점을 가지고 있다. 우선은 문장이 길지 않다는 점이고, 이 길지 않은 문장에 시의 율을 갖추고 있다는 점이다. 예를 들면 "너무 좋고 감사했다/ 감동이 되고 고마웠다/ 머지않아 가을꽃들이 웃어주겠지" 등의 표현에는 소설의 느낌이 전혀 없는 싯적 표현들이다. 시집에 소위 말하는 "시소설"을 담고 있는 시집은 그리 흔치 않은 것이 사실이다. 3부 "미소짓는 들국화"에는 모두 19편의 자연친화적 시들로 가득차 있다. "미소짓는 들국화"로 시작해서 "도토리, 입추, 가을하늘, 가을비, 가을 달, 이불, 살구꽃, 코스모스, 달맞이꽃, 단풍, 보름달, 구원" 등의 시들이다. 미소짓는 들국화는 "아니 아니요/ 바로 바로/ 수연이가 이 가을/ 미소짓는 들국화래요"

-미소짓는 들국화 일부-

그의 간절한 바람이 담긴 시다. 수연이가 미소짓는 들국화처럼 되기를 바라는 할머니의 진심이 느껴지는 시다. 그런가 하면 이어지는 시 "도토리"는 그의 일상이 담긴 일기 형식의 시다. 도토리묵을 먹으면서 잠시 여유를 되찾고 싶은 맘이 가득 담겨져 있다. 그리고 가을비, 가을여행, 가을달, 종이찢기놀이 등의 시들은 모든 동시풍의 시들로서 수연이와 관련된 시들이다. "조각조각, 갈기갈기, 잘게 굵게, 독학으로 너무 잘해 상 주어야겠다"로 마무리되고 있는데 사용된 어휘들을 통해 수연이를 매우 칭찬하고 있다, 그런가 하면 "이슬"이란 시도 3연10행의 동시로 수연이가 이렇게 성장하게 되기를 바라는 할머니의 바람을 담고 있다. "너무 영롱해/ 너무 고와/ 너무 맑아/ 너무 예뻐/ 너무 슬퍼/너무너무 깨끗해/ 이것은 정녕 수연이 눈물일까"

-이슬 일부-

4부의 주제는 "아이리스의 눈물"이다. 벼랑 끝에 핀 씀바귀, 칡꽃, 노을, 귀향, 이별, 동시, 낙엽, 염소, 홍어"등 명확한 주제의 시들로 가득 차 있다.

먼저 아이리스의 어원부터 생각해 보자. 아이리스는 기쁜 소식을 상징하는 꽃이다. 그리고 꽃잎의 모양과 색상은 용기와 결단력을 나타낸다. 우리 말로는 붓꽃이다. 아이리스는 라틴어이며, 그리스인과 로마인들은 아이리스의 매력과 상징적 의미를 높이 평가했다고 전해진다. 최경선 시인의 아이리스는 수연이와 그의 동생 둘째 손녀가 주인공이다. 수연이가 애처로움의 아이리스라면 둘째 손녀는 "기쁨을 한아름 안겨 주는 아이리스라고 할 수 있다.

"아픈 한조각 나눌 수 있다면" 이 시는 이번 시집을 대표하는 시로서 3연 19행의 서정적 자유시다. 최경선 시인의 삶의 고백같은 시이기도 하다. 중심 내용은 "아픔을 나눌 수 있다면"이다.

사실 생각해 보면 그렇다.

아픔이 없는 사람이 어디에 존재하겠는가. 이 시를 읽는 가운데 문득 "최대 다수의 최대 행복"이란 말이 떠 올랐다. 될수록 많은 사람에게, 될수록 많은 행복을 안겨주고자 하는 공리주의 사상가 밀의 말이다. 우리

삶에서 나눔은 참으로 유일한 것이다. 더구나 아픔을 나눈다고 하는 것은 의미깊은 말이 아닐 수 없다.

 시인 괴테는 말했다.
"사람을 가장 감동시기는 것은 그이 가슴에서 나오는 말이다"라고 했다. 가슴 즉 폐부에서 솟구치는 소리, 심장에서부터 우러나오는 말이 우리에게 큰 감명과 힘을 안겨 주게 되는 것이다. 가슴에서 나오는 말은 정성에서 나오는 말이고, 생명의 가장 깊은 곳에서 나오는 말이며 인격의 핵심에서 발하는 소리다. 머리가 지성과 로고스를 상징한다면 가슴은 덕성과 양심을 상징하는 것이다. 괴테에 의하면 "가슴은 인간 생명의 근간이며, 여기에 폐가 있고, 심장이 있다. 심장의 운동이 멎으면 생명이 끊어진다. 폐가 썩으면 사람의 목숨은 끊어지고 만다. 가슴에서 우러나오는 말은 가장 아름다운 것, 진실한 것, 깊은 것, 생명적인 것을 상징하는 것이다. "아픔 한조각 나눌 수 있다면" 이 시는 이 시집의 마무리 역할을 하고 있는 시소설 "마사코를 만난 칠순여행"과 맞닿아 있다. 이 시소설은 일본여인 마사코

와의 만남을 정리하고 있는데 마사코의 깊은 모성애와 최경선 시인의 손녀 사랑이 맞물려 있음이 감지된다.

마사코는 현해탄을 건너 왔다. 현해는 검은 바다를 의미한다. 탄은 얕은 바다를 뜻하는 말이다. 구체적으로 현해탄은 "대한해협 남쪽, 일본의 후쿠오카현의 서북쪽에 위치하며 우리나라와 큐슈를 연결하는 통로 역할을 하고 있다.

| 결어

최경선 시인의 "아픔 한조가 나늘 수 있다면"의 작품들을 평설해 보았다. 1부에서부터 4부까지에 담겨 있는 작품들은 참으로 알찼다. 손녀 수연이를 향한 할머니의 애절사랑의 진심을 느낄 수가 있었고, 아울러 그의 문학에 대한 열정도 느낄 수 있는 기회가 되었다.

이번 시집에는 최경선 시인의 간절한 바람이 곳곳에서 감지되었다. 뿐만 아니라 수연이를 향한 할머니의 진한 사랑을 느낄 수 있었다. 생각해 보면 그렇다. 우리 인간의 주성분은 사랑이다. 이 사랑은 우리 인간의 가장 높고, 가장 강하고, 가장 맑은 빛의 길이 사랑인 것이다. 이 진정한 사랑이 발동될 때 인간관계는 따뜻해지고 세상은 평화로워지는 것이다.

 우리 사람의 근본은 사랑이요. 사람의 아름다움 역시 사랑에 있는 것이다. 뿐만 아니라 사랑은 일체의 승리를 우리에게 안겨 주는 것이다. 사랑의 승리는 상대방을 못살게 하는 것이 아니고, 상대를 높이고, 상대를 존중해 주는 것이다. 사랑의 승리는 최고의 승자가 되는 것이다. 최경선 시인의 이번 시집의 제목처럼 우리 모두는 나누며 살아가야 한다. 작용이 있으면 반작용이 있게 마련이다. 내가 성의로 대하면 남도 나에게 성의로 대한다. 내가 마음으로 대하면 남도 나에게 마음으로 대하게 된다. 나의 성심성의에 대해서 상대방도 나에게 성심성의로 대한다는 것은 우리 삶의 아름다운 보상작용의 하나다.

최경선 시인의 말대로 우리가 살아가면서 "아픔 한조각 나눌 수 있다면" 그것은 곧 우리 모두의 행복이 되고 기쁨이 될 것이다. 최경선 시인의 문학적, 신앙적 진군을 빌면서 필을 놓는다.

아픔 한 조각 나눌 수 있다면

1쇄 발행_ 2024. 10. 17

지은이_ 순종 최경선
삽화 _ 김가영
편집_ 제이비디자인
펴낸곳_ 도서출판 제이비
주소_ 전주시 덕진구 석소로 9-4
전화_ 063-902-6886
이메일_ jb9428@daum.net

ISBN 979-11-92141-34-3
값 15,000원

| 파본은 구입하신 서점에서 교환해 드립니다.
| 이 책은 저작권법에 의해 보호를 받는 저작물이므로 무단전재와 복제를 금합니다.